叶樱与魔笛

[日]纱久乐佐和 绘

[日]太宰治 著

温雪亮 译

初次刊载：若草 一九三九年第十五卷第六号

绘・纱久乐佐和

（紗久楽さわ）

出生于日本大阪。漫画家。曾在网络上发表描写江户浮世绘画师的作品猫舌心的恋爱期间，并出版成书。其细腻且充满情趣的画风大受欢迎，之后凭借以幕末歌舞伎为题材的连载作品歌舞伎伊左成功出道。将畠中惠的原作老样子系列漫画化，十分擅长描绘有历史感的人物及画面。

太宰治

明治四十二年（一九〇九年）出生于日本青森县。小说家。一九三五年，作品逆行入选第一届芥川奖候选作品。翌年，第一部作品集晚年出版，后凭借斜阳等作品成为流行作家。三十九岁时于玉川上水投水自尽，留下著名作品人间失格。

樱花凋落，每到叶樱时节，我就会想起。

——那个老夫人如此诉说着。

——那是距今三十五年前，父亲还活着。说到我们家，母亲在七年前，也就是我十三岁的时候就已离世。从那时起，父亲、我还有妹妹便成了三口之家。在我十八岁，妹妹十六岁的时候，父亲来到岛根县，在紧挨着日本海、有两万多人口的某个乡下担任中学校长。因为没有合适的租房，我们便在小镇周边，向一座靠山的寺庙借了两间别院。之后我们在此住了六年，直到父亲调任到松江的中学。

至于我结婚，那是来到松江后的事了，是在我二十四岁那年的秋天，在当时可以算相当晚的晚婚了。母亲很早就已离世，父亲又有着极为顽固的学者脾气，对世俗的东西根本不屑一顾，所以我知道只要我不在家，整个家便无人照料。虽说也被谈及过很多次婚事，但我并不想舍弃这个家，对远嫁他方的事也便提不起精神。最起码，也要等妹妹的身体有了起色，我才能多少放心。妹妹并不像我，她非常漂亮，头发也很长，是个出色、可爱的孩子，只是身体相当虚弱。我们随父亲来到此地的第二年春天，妹妹就死了。当时，我二十岁，妹妹十八岁。

现在我就要说这件事。

妹妹其实从很早开始就不行了。她患有肾结核这种恶疾，被发现的时候，她两边的肾脏早已被侵蚀。医生直截了当地告诉父亲，妹妹只剩不到百日的寿命，医生也束手无策。一个月过去了，两个月过去了，快到百日的时候，我们也只得沉默以待。妹妹什么都不知道，还格外有精神，虽然终日躺在床上，但还是能开朗地唱歌、谈笑、对我撒娇。再过三四十天，她就会病逝，这是一个不争的事实。一想到这里，我就心口一紧，全身如同被针穿过般痛苦，几乎要发狂。三月、四月、五月，都是这个样子。到了五月中旬，那一天令我终生难忘。

山与田野尽是新绿，天气暖得让人想赤身裸体。耀眼的新绿晃得我的眼都有些痛。我一个人胡思乱想着，将手叉在腰间，垂着头走在田间小路上。我想来想去，可脑袋里全都是令人难过的事。我几乎喘不过气来，只得忍着痛苦继续踱步。咚、咚，从大地的最底层传来了仿佛十万亿泥土发出的声响，很微弱，但面积很大，好似恶魔在地狱深处敲打着巨大的太鼓。我并不知道这个恐怖的声音是什么，只知道自己真的快要疯了。这时，我的身体突然僵住，我“哇”地大叫一声，没有站稳，跌坐在草原上，直接哭了起来。

后来我才知道，那恐怖的、不可思议的声音是日本海大战中军舰的大炮声。在东乡提督的命令下，为了一举歼灭俄国的波罗的海舰队，正在海上猛烈激战着。恰好那时，海军纪念日也要到了。居住在那片海岸上的人们应该都怕得要命吧？其实我对这种事情也不太清楚，光是妹妹的事就够我受了。我处于半疯癫的状态，那声音越发像是来自地狱的、不吉利的太鼓声，我在无边无际的草原上捂着脸痛哭。直到黄昏降临我才站起身来，就跟死了一样，恍惚地回到寺里。

“姐姐。”妹妹如此呼喊道。

妹妹那个时候十分消瘦，全身无力。她应该隐约知道自己大限将至，于是不再像从前那样提出难以解答的难题，跟我撒娇。这对我而言，反而更加痛苦。

“姐姐，这封信是什么时候寄来的？”

我心口一紧，我很清楚自己现在面无血色。

“什么时候寄来的？”妹妹天真地问道。

我回过神来，回答：“就刚才，在你睡觉的时候。你笑着笑着就睡着了，于是我悄悄地把信放在了你的枕头旁。你不知道吗？”

“啊，我不知道。”在黄昏袭来的昏暗房间内，妹妹脸色苍白而美丽地笑着，“姐姐，我读过这封信了。我有些好奇。这个人我并不认识。”

不认识这个人？可我却知道寄出这封信的男人名叫 M.T，而且了解不少。不，我没见过他，只是在五六天前整理妹妹的五斗柜时，在抽屉深处发现了一捆用绿色丝带绑好的信。虽然知道不应该这样做，但我还是解开丝带，看了内容。有三十多封信，全都是那个 M.T 寄来的。不过这些信的信封上并没有 M.T 的名字，而是很清楚地写在了信里。还有就是，信封上面写有很多女寄信人的名字，而那些全都是现实中妹妹朋友的名字。我和父亲做梦都不会想到，妹妹竟然和这个男人通了这么多信。

聊斎志異
源氏物語
ルバイヤット
鴎外全集
在りし日の歌

我是这样推断的。这个叫 M.T 的人事先很用心地从妹妹那里打听到了她这么多好朋友的名字，然后再用这些名字寄信过来。我对年轻人如此大胆的做法惊叹不已，这件事要是被严厉的父亲知道了，会怎样呢？我害怕到全身颤抖。但当我一份份按着日期读完后，我渐渐觉得有趣起来，有时还会一个人嘻嘻发笑，最后竟然连自己也被吸引进这广阔的世界中。

那时我刚满二十岁，身为一个年轻女子有很多难以言表的苦。而这三十余封信，让我有种斗转星移的感觉。我读着这些信，直到去年秋天的最后一封。我猛地站起身来，感觉自己像是被雷电击中一般，身子惊恐地向后仰去。妹妹的恋爱并非真心，反倒更加丑陋。

SAFETYMATCH
DE IN JAPAN
SAFETY M
AVERAGE 50 MATCHE
BIG

我烧掉这些信，一封都没有留下。M.T 住在镇上，好像是个贫穷的和歌诗人。卑鄙的他知道妹妹的病后就将她抛弃了，还跟没事人似的在信中写道“让我们忘记彼此吧”之类残酷的话。自那封信后，他好像再也没有寄信来。若我缄口不言，一辈子都不把这件事说出去，妹妹就会以一名美丽少女的姿态死去，谁也不会知道。可我心中却是痛苦的。不仅如此，在我知道这件事后，便愈发觉得妹妹可怜。各种奇怪的幻想浮现在我的脑海里，胸口隐隐作痛，五味杂陈。那种令人厌恶的痛苦，只有到了一定年纪的女人才会懂，犹如活地狱一般。我仿佛是自己遇到了如此惨痛的遭遇一般，独自感受着这份痛苦。那时候，我觉得自己也多少有些奇怪。

“姐姐，请念给我听吧。究竟发生了什么，我一点也不清楚。”

我打心眼儿里厌恶妹妹撒谎的行为。

“可以念吗？”我小声问道,然后从妹妹那里接过信。接信的手指为难地颤抖着。即便不拆开，我也知道这封信的内容，但我必须佯装不知情的样子来读这封信。我没有仔细看便念了起来。

这封信如此写道：

今天，我要向你致歉。之所以忍到今天才给你写信，是因为我没有自信。我贫穷、无能，无法给你任何东西。我只能留下言语，即便这些言语中没有半点虚假，但终究只是言语，除了向你证明爱意，我什么都做不到。我厌恶自身的无能。我一整天，不对，应该是做梦都忘不了你。但我却什么都无法给你。在这份痛苦中，我想和你分手。你的不幸愈大，我对你的爱就愈深，我变得不敢再接近你。你能明白吗？我断然不敢欺骗你，只想告诉你，这全是出于我自身正义的责任感。但是，我错了，我完全错了。

我对不起你。

对你，我不过是个只想成为完美之人、满足私欲的家伙。我们正是因为寂寞无力，因为什么都没办法做，才仅以语言作为真诚的赠礼。直到现在我依旧相信，这是一个谦逊、美好的维持方式。我总是在想，自己应该在力所能及的范围内，为了实现这一切而努力。不论多么渺小的事也好，哪怕只是赠送一朵蒲公英，只要鼓起勇气将其奉上，就是勇敢男子该有的态度。我不会再逃避。我爱你。我会每天为你创作诗歌，每天在你家庭院的围墙外吹口哨给你听。明晚六点，我会为你吹一首《军舰进行曲》。我口哨吹得很好哦。如今我只能做到这些，请不要取笑我。不，请笑话我吧。请你一定要打起精神来。神明一定在某处看着这一切。我相信，你和我都是神的宠儿。我们必定会有一场美好的婚姻。

等着，等着

今岁桃花开

本欲着白衣

哪知红满枝

我会努力的，一切都会变好。那么，明天见。

M.T

“姐姐，我知道哦。”妹妹用清澈的声音喃喃道，“谢谢你，姐姐。这封信是姐姐写的吧？”

这是何等的羞耻，我好想把这封信撕成碎片，将头发抓得一团乱。坐立不安大概就是指这种感觉吧！这是我写的。我难以面对妹妹的痛苦，从那天起便打算每天模仿 M.T 的笔迹写信，直到妹妹去世为止。那蹩脚的和歌是我费了很大心思创作的，然后到了明晚六点，我会偷偷来到围墙外吹口哨。

真丢人。竟然写了那种蹩脚的和歌，真是太丢人了。在此生从未经历过的感受中，我难以立刻回答。

“姐姐，不用担心。”妹妹意想不到的冷静，并在高尚的姿态中露出了美丽的微笑，“姐姐，你是不是看了那些用绿色丝带绑起来的信？那是假的。我实在太寂寞了，所以从前年秋天开始，自己手写了那些信，然后再寄给自己。姐姐，不要做傻事了。青春可是非常宝贵的东西。我自从生病之后便清楚地认识到了这件事。自己给自己写信真的好难堪、好悲惨，而且好愚蠢。我若真能和男人大胆地恋爱就好了。好想让他紧紧抱住我的身体。姐姐，直到现在，别说是恋人了，我就连和男人说话的机会都没有。姐姐不也是如此吗？可是姐姐和我不同，你非常聪明。啊，死亡真是太讨厌了。我的手、手指还有头发，都好可怜。死亡，真的好讨厌，太讨厌了。”

一时间，悲伤、恐惧、高兴、羞耻，这些东西全都堵在我的胸口，弄得我不知如何是好。我将脸贴在妹妹消瘦的脸颊上，如今我唯有流着泪将妹妹轻轻抱住。那个时候，啊啊，我听到了！那声音低沉幽远，不过，的确是《军舰进行曲》的口哨声。妹妹也侧耳倾听着那个声音。啊，现在正是六点！我们在一种难以言表的恐惧中，紧紧地、紧紧地抱在一起，一动不动，倾听着那从种着叶樱的庭院深处传来的不可思议的进行曲。

神是存在的，一定存在。我对此深信不疑。

妹妹三天后便去世了。医生疑惑地说："如此安详，想必很早就断气了吧？"可那个时候，我并没有觉得惊讶。我坚信这定是神的旨意。

如今，说来真是惭愧。我也上了年纪，有了物欲，信仰似乎也日渐淡薄。我经常怀疑，那个口哨声是父亲吹的。他结束学校的工作回到家后，在隔壁房间听到了我们的对话。于心不忍之下，这位严厉的父亲便布下了此生唯一一次骗局。我曾这样想过，但应该是不可能的。父亲若还在世，或许还能问一下，可父亲已经去世十五年了啊。不，这一定是神的恩泽。

我很想如此相信着，并安心过活。可自从上了岁数，我的物欲涌起，信仰也日渐淡薄，我知道自己这样做是不对的。

文豪绘本

“此声，莫不是吾友李徵？”

《山月记》

[日] 中岛敦 著　　[日] 猫助 绘

袁傪在旅途中与旧友李徵再会。
李徵本是一位美少年，
如今却已成异类之身。

我宁肯在还是少女的时候死去。

《女生徒》

[日] 太宰治 著　　[日] 今井绮罗 绘

一位居住在东京的少女，
一天之内的所作所为、所思所想。

“你为了什么而活？”

《鱼服记》

[日] 太宰治 著　　[日] 猫助 绘

有一座地图上都不曾标记的小山，
山脚处有一个村庄。
烧炭家的女儿思华，
和父亲两个人一起生活。

图书在版编目（CIP）数据

文豪绘本．花之卷．叶樱与魔笛 /（日）太宰治著 ;（日）纱久乐佐和绘 ; 温雪亮译．-- 北京 : 台海出版社，2023.7
ISBN 978-7-5168-3587-6

Ⅰ．①文… Ⅱ．①太… ②纱… ③温… Ⅲ．①短篇小说－日本－现代 Ⅳ．① I14

中国国家版本馆 CIP 数据核字 (2023) 第 115180 号

文豪绘本．花之卷．叶樱与魔笛

著　　者：[日] 太宰治　　译　　者：温雪亮

出 版 人：蔡　旭　　封面绘制：[日] 纱久乐佐和
责任编辑：员晓博　　封面设计：纽唯迪设计工作室

出版发行：台海出版社
地　　址：北京市东城区景山东街 20 号　　邮政编码：100009
电　　话：010-64041652（发行、邮购）
传　　真：010-84045799（总编室）
网　　址：www.taimeng.org.cn/thcbs/default.htm
E－mail：thcbs@126.com

经　　销：全国各地新华书店
印　　刷：北京盛通印刷股份有限公司
本书如有破损、缺页、装订错误，请与本社联系调换

开　　本：880 毫米 ×1230 毫米　　1/24
字　　数：22 千字　　印　　张：1.75
版　　次：2023 年 7 月第 1 版　　印　　次：2023 年 11 月第 1 次印刷
书　　号：ISBN 978-7-5168-3587-6

定　　价：192.00 元（全 4 册）